코로나19 바이러스
"친환경 99% 항균잉크 인쇄"
전격 도입

언제 끝날지 모를 코로나19 바이러스
99% 항균잉크를 도입하여 「안심도서」로
독자분들의 건강과 안전을 위해 노력하겠습니다.

시대교육그룹

Clean Zone

본 도서는 항균잉크로 인쇄하였습니다.

항균+
99%
안심도서

항균잉크의 특징

- 바이러스, 박테리아, 곰팡이 등에 항균효과가 있는 산화아연을 적용

- 산화아연은 한국의 식약처와 미국의 FDA에서 식품첨가물로 인증받아 **강력한 항균력**을 구현하는 소재

- 황색포도상구균과 대장균에 대한 테스트를 완료하여 **99%이상의 강력한 항균효과** 확인

- 잉크 내 중금속, 잔류성 오염물질 등 유해 물질 저감

TEST REPORT

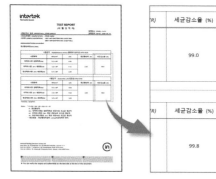

(R)	세균감소율 (%)
	99.0

(R)	세균감소율 (%)
	99.8

Clean Zone

시대교왕그룹

익숙하지만
낯선
식물 이야기

식물과 함께 살아가는
초록빛 일상을 이야기하다

prologue

"식물을 키우고 싶은데 어떤 것이 좋을까요?"

이에 대한 답을 하기 전 다양한 질문을 던진다. 식물을 놓는 장소는 어디이며, 생활 패턴은 어떤지, 잎이 동그랗고 넓은 것이 좋은지 아니면 길고 가느다란 것이 좋은지. 질문 하나를 답하기 위해 많은 물음을 쏟아낸다. 질문의 답을 듣고서야 식물을 추천한다. 생활 환경과 라이프 스타일이 식물과 맞지 않는 경우 아무리 키우고 싶어 해도 권하지 않는다.

자신의 환경과 생활 습관을 먼저 이해하고 식물을 찾아야 한다. 내가 사는 곳, 내가 보내는 시간이 곧 식물이 사는 곳, 식물의 시간이기 때문이다. 앞으로의 익숙하지만 낯선 이야기들은 나와 식물이 함께 살아가고 시간을 보내는 곳에 대한 기록이자, 식물을 처음 시작하는 사람들이 저마다의 공간에서 시도해 볼 수 있는 초록 친구들에 관한 이야기이다.

contents

식물의 분위기는 사람에 담겨 있다
3장 식물 인테리어

epilogue

1장

우리는 식물을
왜 키울까?

일상 속에 들어온 익숙하지만 낯선 초록 식물

이름 모를 식물들이 생김새도, 색도 다른 화분에 옹기종기 모여있다. 엄마는 뭐가 그리 소중한지 애지중지 돌보며 꽃이 피면 꽃 따라 활짝 웃으셨다. 마른 잎이라도 생기면 내 몸이 아픈 것처럼 돌봐 주셨고, 볕 좋은 날엔 햇빛 잘 드는 베란다로 소풍을 갔다. 비록 1평 남짓 나들이지만 식물들은 잔뜩 머금은 햇살에 만족스러운 듯 초록 잎을 펼쳐내었다. 비 오는 날이면 창가로, 문 앞으로 비맞이를 나갔다. 나는 낡은 신발장, 삐걱거리는 탁자, 안테나가 달려있는 텔레비전 구석구석 놓여있던 식물들을 보며 자랐다. '식물을 왜 키울까?'라는 질문에 생각난 작은 답이다. 보고 자랐으니 보고 살고 싶다고.

식물을 키우는 이유는 다양하다. 예뻐서, 그리워서, 외로워서, 또는 위안을 받고 싶어서. 각자의 이야기가 있다. 물론 생물학적이고 인류학적이며 심리학적이기까지 한 멋들어진 말들도 많을 것이다. 그러나 그런 이유들이 왜 필요할까? 애정의 대상에 설명이 필요한가? 굳이 나의 어릴 적 기억들을 꺼내놓으며 이야기하고 싶은 것은 단순하다.

'왜?'라는 질문의 답을 찾다 보면 '나'라는 사람을 좀 더 자세히 알 수 있다. 내가 무엇을 좋아하는지 어떤 삶의 방향을 갖고 있는지 알아야 '나'와 어울리는 식물을 찾을 수 있다. 식물의 습성을 알기 전에 나의 성향을 알아야 나의 속도에 맞춰 함께 살 수 있는 식물을 만난다. 물론 정해진 것은 없으니 이유가 없어도 상관없다. 그냥 좋은 것들도 얼마든지 많으니까. 무엇이든 좋으니 나의 일상 속에 들어온 익숙하지만 낯선 초록 식물들과 지내보자. 우리만의 속도로 맞춰가며.

사람과 식물은 서로를 키운다

별 볼일 없는 작은 잎사귀 하나가 세상에 나오기까지 물, 햇빛, 바람은 계절에 쌓여간다. 늘 제자리에 머물던 어린 줄기는 흙과 뿌리가 뒤엉켜 시간에 포개진다. 자그마한 꽃 한 송이를 위해 분주하게 하루가 시작되고 달이 차오른다. 아직 여물지 못한 나무 한 그루를 위해 물, 햇빛, 바람, 흙이 바뀌어 간다. 사람도 함께 자란다. 식물을 위해 물의 양도 햇빛의 세기도 바람의 여부도 함께 쌓아간다. 알맞은 온도와 적절한 습도도 포개어 놓는다. 이처럼 분주한 하루 속에서 일상을 충분히 할애하여야 한다. 식물과 사람이 함께 바뀌어 간다. 식물은 자란다. 시간이 익어가고 관심이 축적되며 사람과 식물은 서로를 성장시킨다. 식물은 사람을 키우고 사람은 식물이 필요하다.

1m가 훌쩍 넘는 티트리는 한 뼘이나 될까 한 플라스틱 포트에 담겨왔다. 키에 비해 앙증맞은 것이 귀엽다가도 포트 밑의 물구멍으로 삐져나온 뿌리를 보면 안타까웠다. 얼마나 오래 있었는지 조그마한 포트는 중심을 잡지 못한 채 위태로이 휘청거린다. 좀 더 넓은 화분으로 이사를 갈 순간이 온 것이다. 티트리의 키에 알맞은 넉넉한 크기의 화분을 꺼내왔다. 물구멍을 막아줄 화분 깔망과, 비슷한 용도로 흙이 흘러나오는 것을 막아줄 난석도 준비한다. 식물이 잘 자랄 수 있도록 토대가 되어줄 영양 가득 배양토도 여유 있게 챙긴다. 배양토와 섞어 물이 머무는 속도를 조절해 주는 마사토도 빠지면 안 된다. 마사토는 배양토 위에 덮어 흙이 넘치는 것도 막아줘야 하니 넉넉하게 마련해 둔다. 모종삽이 있으면 좀 더 편하겠지만 없어도 괜찮다. 지금 있는 것들로도 충분하다. 아직 분갈이를 시작하지도 않았는데 옥상달빛의 '수고했어, 오늘도'가 듣고 싶어졌다. 여기까지 수고했어, 당신도.

보드랍고 따듯한 촉촉함

향긋한 차향이 느슨하게 퍼져간다. 분갈이 재료들에서 피어난 흙내음에 어렴풋 섞인 차의 향내가 조급하던 마음을 밀어냈다. 오래전 선물 받은 차의 글귀가 눈에 띄었다. '봄이 완성됐다. 그윽한 목서꽃 향기가 그런 봄 사이를 걷돈다.' 봄을 완성하기 위해 여유로움과 설렘을 마음에 우려낸다.

첫 잔을 음미하며 찻물 내듯 천천히 화분 깔망을 자르고 난석을 채운다. 뽀얀 먼지가 햇살 사이로 반짝이면 좁은 포트 안에 있던 식물을 꺼내 뿌리가 다치지 않도록 조심스레 흙을 털어낸다. 두 번째 잔을 마시며 고개를 들었다. 방 안은 햇빛을 받은 티포트 안의 영롱한 녹빛으로 배어들고 있었다. 여전히 느릿한 속도감에 손을 맡긴 채 식물 구석구석 마사토와 섞은 배양토를 옮겼다. 손가락 사이로 보드랍고 따듯한 촉촉함이 스며들고 손끝으로는 차를 맛보듯 천천히 감상하고 있었다. 세 번째 잔을 따르기 전 식물의 모양을 잡으며 마사토로 덮어 분갈이를 마무리한다. 화분 받침에 흙물이 나올 때까지 흠뻑 물을 주며 잔을 채웠다. 작은 찻잔 위로 차망을 삐져나온 찻잎이 떠 있었다. 완벽하진 않았지만 부족함이 없던 한바탕 봄꿈의 달콤함이 스며들었다.

_ 분갈이는 식물에 따라 1~2년에 한 번 정도가 좋아요.

_ 화분 깔망은 물구멍보다 조금 크게 잘라요.

_ 난석은 화분의 1/5 정도 채워요.

안심Touch

무던하다가도 예민하고 섬세하며 신경질적인

파릇파릇 햇볕이 돋아나는 봄이 좋다. 초록비가 내리는 여름도 좋다. 무덥고 습한 공기가 시원한 바람으로 변하는 가을도 좋다. 새삼스러울 것도 없는 첫눈이 매년 기다려지는 겨울도 좋다. 식물은 계절이다. 연녹색의 새잎이 짙은 녹색의 무성한 잎이 되어 붉게 물들면 잠을 청한다. 먹먹한 회색빛 도시에서 유일하게 색으로 계절을 표현하는 초록 식물은 나와 함께 산다.

끝없는 관심과 사랑을 바라는 우리의 룸메이트는 무던하다가도 예민하고 섬세하며 신경질적이다. 봄에는 수수하다. 새잎을 틔우려 할 때 식물 영양제 정도면 충분하다. 여름에는 까나롭다. 숨 막힐 늦한 무더위가 기승을 부려야 무성한 초록으로 변한다. 모든 게 괜찮을 것 같지만 비가 내리고 기나긴 장마가 시작되면 끝없이 올라가는 습도에 사람도 식물도 지쳐버린다. 물 마름과 과습 사이에서 위태로운 줄타기를 해야 한다. 가을에는 미묘하다. 잎이 떨어지는 것이 단풍인지 물 마름인지 혼란스럽지만 결국 제자리를 찾아간다. 밤사이 서늘한 바람이 불 때 영양제를 추가로 주면 된다. 겨울에는 성질이 까다롭다. 다행히도 우리에겐 보일러가 있어 추운 겨울을 견딜 수 있다.

겨우내 오래되어 마른 잎을 잘라주다 문득 그런 생각이 들었다. 봄, 여름, 가을, 겨울. 우리의 룸메이트는 어느 계절을 가장 좋아할까.

우리의 시간은 같은 속도로 흘러간다

알람 소리에 눈을 떠 늦은 밤 지친 몸으로 돌아올 때까지 숨 가쁜 오늘이 지나간다. 꾹꾹 눌러 담아 하루를 채우고도 잠들지 못해 작은 사각형의 불빛을 손으로 움켜쥔다. 이런 나를 식물은 이해한다. 놓지 못한 밤을 초록으로 물들인다. 늦은 물 주기에도 잎을 늘어뜨리며 나를 기다려 준 티트리는 햇빛이 많지 않은 곳에서도 꿋꿋하게 자란다. 생그레한 푸른 잎, 듬직한 굵은 목대, 화분 안을 잘 채운 뿌리로 묵직하게 버텨준다. 우리의 시간은 같은 속도로 흘러간다. 좋은 식물을 고르는 것은 내가 어떤 사람인가를 알아가는 과정이다. 수줍은 자아성찰을 지나야 나와 닮은 식물을 만날 수 있다. 조용하고 내성적이며, 유쾌하고 활발한 그리고 가끔은 우울한 나와 비슷한 식물. 수많은 식물들 속에서 너를 만났다.

식물은 끊임없이 말을 건다

식물은 끊임없이 말을 건다. 노랗게 말라버린 잎을 떨구며 읊조리다 축처진 줄기를 흔들며 속삭인다. 아직 여물지도 못한 새잎을 보내야 할 땐 슬픈 울음을 토해낸다. 식물의 소리에 귀를 기울여야 한다. 과습으로 상한 뿌리를 다독이며 화분을 말려주고 습한 환경에 벌레가 생기면 통풍으로 위로해 준다. 추위로 몸살이 난 식물은 따뜻한 곳으로 옮겨 포근히 보듬고, 물이 부족해 잎을 내릴 땐 화분 받침에 흘러나올 때까지 흠뻑 물을 주며 달래 주어야 한다. 어루만지고 쓰다듬으며 이야기를 듣는다. 끊임없이 말을 듣는다. 기분 좋은 꽃잎의 떨림을 말할 때까지.

2장

/

사각형마다 쓰여질
초록색 이야기

공간에 맞는 식물

처음엔 작은 사각형이었다. 작지만 소중했던 좁은 창은 스쳐가는 햇살을 움켜쥐고 잔잔한 꿈들이 내려앉도록 기다려 주었다. 작은 사각이 모여 조금 더 커진 사각형은 느릿하게 꿈틀대는 온기와 벅찬 숨에 웅크리던 나로 채워 갔다. 꿈의 조각이 모인 사각엔 큰 창이 생겼다. 다채로운 꿈은 쏟아지는 햇빛과 아우러져 시리도록 맺혀갔다.

사각형마다 이야기가 있다. 사각형마다 사람이 있다. 사각형과 사람이 만나 식물을 마주 본다. 사각형에 담긴 초록색 이야기에는 다양한 식물들이 있다. 내리쬐는 볕 속에 바람을 타며 자라는 식물이 있고, 고요한 떨림과 살짝 닿은 햇볕만으로 흡족한 식물도 있다. 또한 뿌옇게 김 서린 창 옆에서도 싹을 머금고 꽃을 피우는 식물과 어떤 형식과 운율에도 얽매이지 않은 채 자라나는 식물도 있다. 아직 만나지 못한 식물들은 공간과 사람을 기다린다.

조그마한 태양이 뜨고 엷은 바람이 부는 네 개의 테두리는 함께 살아갈 식물들을 찾고 있다. 사각형마다 쓰여질 초록색 이야기를 기다리고 있다.

독립 후 첫 식물 만나기

독립 후 만난 첫 식물은 좋은 친구였다. 말을 걸면 커다란 잎사귀로, 활짝 핀 꽃으로 성실히 나의 하루를 받아주었다. 달라지는 공간에 따라 만난 식물들은 저마다의 이야기를 들려준다. 좋은 점과 힘든 점을 잎으로, 가지로, 뿌리로, 흙으로 말한다. 처음 만난 너와 함께 살아가는 법을 배우고 일상을 공유하는 우리는 서로를 닮아간다.

🌿 필로덴드론 버킨

상자 몇 개와 배낭 하나에 고스란히 담긴 20대였다. 지금까지의 시간이 담겨 있는 상자의 무게는 의외로 가볍고 작았다. 시작과 동시에 느껴지는 초라함에 잠시 움츠렸지만 이내 털고 짐을 풀었다. '완벽하다'라는 단어만큼 시작과 가장 먼 단어는 없을 테니까. 용기를 내어 출발선 위에 올라섰다면 뒤는 돌아보지 말고 앞을 바라보아야 한다. 이미 엎질러진 물이 조금 달콤해졌다.

직사광선을 피해 전 주인이 놓고 간 아담한 테이블 위에 버킨을 꺼내 놓았다. 제법 커진 흰색 잎 위로 초록색 잎맥이 짙은 흔적을 남기며 지나간다. 잎 위의 초록 줄무늬는 점점 진해져 어느새 초록색 잎 위에 흰색 줄무늬처럼 느껴지다 마침내 초록색 잎으로 물든다. 흰색의 잎에서 초록색 잎으로 성장하는 인상적인 반전. 성숙한 잎의 시간이 고스란히 담겨 있었다. 흰 방 위로 진한 초록 무늬 하나가 그어진다. 첫걸음을 내디딘 오늘처럼 작지만 깊은 흔적을 남기며.

_ 따뜻하고 습도가 높은 환경을 좋아해요.

칼라데아 진저

부유하던 낯선 밤이 머리맡에 닿았다. 얽히고 뒤섞인 생각들이 밀려들어 몇 시간째 핸드폰 불빛을 놓지 못한 채 메마른 눈을 껌뻑였다. 제자리를 맴돌던 건조한 시선 사이 하얀 빛을 띤 엷은 붉은색 줄무늬가 떠오른다. 진저는 밤을 알고 있다. 해가 지면 잠에 들듯 펼쳤던 잎을 오므리고, 짙은 잎 위의 분홍색 무늬는 별을 향한다. 자주색의 잎 뒷면이 보이면 밤이 온 것이다.

고요한 꿈에 접어든 진저를 바라본다. 깊게 숨을 들이마시며 잎을 오므리듯 팔을 모은다. 돌이키지 못할 말들, 덮어지지 않는 실수들, 꼬리의 꼬리를 물고 표류하던 기억들을 흘려보낸다. 식물의 밤처럼 단순하고 명료한 잠을 청한다. 조금씩 무거워지는 눈꺼풀 위로 낯선 밤이 가라앉는다.

_ 건조함과 추위에 약해요.

🌿 아스파라거스 나누스

옅은 안개 같은 잎들이 바람에 손을 흔든다. 작은 스툴 위에 올려진 나누스는 문을 열면 바로 볼 수 있게 놓았다. 아직은 낯선 집에서 문을 나서고 돌아올 때마다 가늘고 긴 줄기에 달린 작은 잎들이 부드러운 손짓으로 인사해 준다. 불 꺼진 방에 들어가거나 혼자라는 생각이 들 때마다 낮은 바람에도 온 잎을 떨며 손을 내민다. 살아있는 생명이 내어주는 온기에 가끔은 말을 걸기도 했다. 나만의 이름을 지어 부르며 단순한 식물을 넘어 '우리'가 된 이후로는 사소하게 지나쳤던 것들이 보였다. 봄의 들판 같은 연노랑의 새잎과 숲의 여름 같은 녹색의 묵은 잎들, 멀리서 보면 털실 뭉치 같은 잎들도 자세히 보면 바늘보다 작은 침엽들이 모여 있는 것이라는 시시한 이야깃거리가 더욱 친근하게 느껴졌다.

오늘은 좋아하는 바람을 마음껏 맞으며 클 수 있도록 창문도 열어주었다. 살랑살랑 흔들리는 잎들이 고운 손길로 인사한다.

"조심히 다녀오세요."
"오늘도 수고했어요."

_ 바람이 잘 통하는 곳에 놓아주세요.

안심Touch

🌿 여우꼬리철화

　귀엽고 폭신폭신한 외모와는 다르게 좀좀히 가시가 박혀있어 찔리기 일쑤다. 탐스럽게 말린 꼬리는 보드랍고 포근해 보이지만, 외형을 뚫고 삐죽 나온 가시들은 날카롭게 각을 세운다. 부드러움 속에 숨겨진 황금빛의 뾰족함. 보이고 싶지 않은 것들은 노랗게 물들이고 감춰두었던 바늘을 슬그머니 꺼내 놓았다. 숨길수록 드러나던 모진 바늘들도 막상 내놓으니 자그맣고 깜찍스럽다.

　돋아난 가시들을 숨기려 애쓰지 않아도 된다. 착한 척, 좋은 척, 행복한 척하지 않고 화내고, 짜증 부리고 가끔씩 욕도 하며 자연스럽게 스스로를 드러내도 괜찮다. 눈치 보지 않고 자신을 인정하면 언젠가 지금보다 더 빛나는 황금빛 가시가 싹틀지 모른다.

🌿 크리소카디움

약간의 상상력을 버무려보자. 아래로 자라는 행잉식물인 크리소카디움을 꼭 아래로 키울 필요는 없다. 벽에 걸어 둘 필요도 없다. 위아래를 뒤집어 화분에 식재한 식물은 무사히 땅 위로 안착했고, 뒤집힌 세상엔 여전히 초록 귀여움이 가득하다.

뒤집힌 상상력에 방 안은 작은 숲이 되었고, 너무 짰던 나의 첫 요리도 자기주장이 강한 개성 있는 음식이 되었다. 좁은 옷장은 드레스 룸으로, 이어폰에서 흘러나오는 음악은 공연장이 된다. 좌우 비대칭의 잎처럼 살짝 틀어 놓은 관점은 일상을 더욱 즐겁게 만든다. 뒤집히고 비틀어진 질문은 새롭고, 재밌는 이야기의 답이 된다. 원하는 답이 아니라면 질문을 바꿔야 한다.

"행복해지고 싶다면, 지금 바로 행복하면 안 돼?"

_ 건조하지 않도록 관리하며 자주 분무해 주는 것이 좋아요.

황근

"살찐 하트 같아."

창가에 자리 잡은 황근을 보며 친구가 말했다. 동글동글 귀여운 잎의 끝이 급히 뾰족해진 생김새를 보고 웃음이 터져 나왔다. 황근은 어느 한 곳 어여쁘지 않은 곳이 없다. 앙증맞은 잎은 여름을 지나 가을이 오면 초록 잎에서 서서히 살구색 잎과 새빨간 잎이 되어 우리를 단풍놀이로 초대한다. 초록색 잎과 살구색 잎, 새빨간 잎이 가지에 모여있는 모습을 보면 넘치는 귀여움에 마음이 포동포동해진다.

창가 쪽에 두어 계절의 변화를 느끼게 해주면 봄부터 겨울까지 심심할 틈 없이 잎을 틔우고 물들인다. 찬바람이 불어 잎이 떨어져도 슬프지 않다. 아쉬움은 접어두고 곱게 물이 든 잎을 책갈피 사이에 넣어 가을을 모으다 보면 통통하게 살이 오른 잎들을 다시 만날 수 있다.

빨간 잎이 잘 마르면 친구에게 선물하기로 했다. 진심을 담아 쓴 편지 속에 토실토실 살이 찐 사랑과 함께.

_ 제주도와 전라남도에 황근 자생지가 있어요.
_ 무궁화속 식물인 황근은 누란색 꽃이 피어 '노란 무궁화'로 부르기도 해요.

삼각잎 아카시아

세모의 꿈을 꾼다. 세모난 침대에서 일어나 세모난 풍경 앞에 있는 세모 난 테이블에 앉아 세모난 잎을 바라본다. 유칼립투스와 같은 은빛의 녹색 잎이 줄기를 따라 촘촘하게 돋아있다. 날카로움 대신 부드러움을 선택한 삼각형 잎은 청록색 나비의 날갯짓처럼 영롱하다. 좋아하는 햇살이 날개에 비추면 꿈속으로 날아오른다.

세모의 꿈속에서 남들과 다르다는 것은 특별함이다. 특별한 모든 것은 개성으로 인정받고, 본연의 아름다움으로 받아들인다. 식물의 세계에서 남 들과 다른 차이점은 고유의 특징일 뿐 바꿔야 하는 부족함이 아니다. 네모 나 동그라미가 아니어도 상관없다. 각자의 기준에서 각자의 매력이다. 삐 뚤 뾰족하다 나무라던 나의 성격은 오늘부터 독특 예리함이다.

_ 호주가 원산지이며 따뜻하고 햇볕이 많은 환경을 좋아해요.
_ 우리가 흔히 말하는 아카시아는 아까시나무로 아카시아속 식물이 아니에요.

🌿 몬스테라

작은 잎이 조금씩 갈라진다. 상한 것 같은 잎은 커질수록 군데군데 구멍이 뚫리며 진한 녹색의 잎이 된다. 갈라지고 구멍 난 잎은 망가진 것 같지만 폭우가 내릴 때는 물을 흘려보내고, 바람이 몰아칠 땐 잎이 꺾이지 않도록 바람길이 되어 비바람을 견딜 수 있는 형태로 성장했다. 해가 들면 윗잎의 구멍 사이로 햇빛이 비쳐 밑에 있는 잎도 볕을 받을 수 있다.

반지하의 작은 구멍 같은 창에도 햇살이 스치면 노란빛 닿은 꿈들이 별처럼 반짝인다. 조금 늦은 아침과 조금 이른 밤이 오는 곳에 해가 지기도 전에 별이 내렸다. 갈라지고 파이더라도 꿈은 자란다. 새벽하늘에 별처럼 빛나는 내일이 방 안을 밝게 비추는 언젠가 진녹색의 큰 잎이 되어 아랫잎에게 구멍 하나 내어줄 만큼 꿈이 커져간다.

_ 식물 초보자의 첫 식물로 추천해요.

🌿 박쥐란

높이 있어 알 수 없는 것들이 있다. 하늘의 푸르름은 너무 멀고 높아 만질 수 없고, 도시의 빌딩들은 밝은 조명 아래 빛나고 있지만 사람과 떨어져 있어 속에 품은 이야기를 들을 수 없다. 키 큰 나무는 멀리 보지만 작은 꽃들의 그림자는 볼 수 없다. 꿈은 고개 위에 있지만 삶은 마주 보는 곳에 있다. 만지고, 듣고, 볼 수 있는 것들은 꿈만큼이나 소중한 일부분이다.

나무 위에 붙어 자라는 박쥐란은 벽에 걸어 행잉식물로 키우기도 하지만 나는 화분에 심어 낮은 선반 위에 두었다. 눈을 들어야 볼 수 있던 식물이지만 이제는 마주 볼 수 있게 되었다. 사슴뿔을 닮은 좁고 긴 회녹색의 잎 표면에는 그물 같은 잎맥이 지나가고, 털들이 촘촘히 난 잎 뒷면의 색은 좀 더 흰빛이 돈다. 반달 모양의 작은 잎은 화분을 덮으며 조금씩 자라나고, 숲내음 퍼지는 바크의 진한 갈색은 녹색의 잎과 대조를 이룬다.

간지러운 털들, 아기자기한 잎. 연녹색의 빛나는 햇빛을 마주할 때 비로소 만지고 듣고 볼 수 있는 것들은 낮은 선반 위에 내려앉는다. 낮게 있어 알 수 있는 것들이 있다.

_ 건조하지 않은 습한 환경을 좋아하니 자주 분무해 주는 것이 좋아요.

🌿 홍콩야자

작은 상상은 현실이 된다. 커다란 꿈의 거리는 너무 멀어 가끔씩 안갯속을 헤매는 것 같다. 시간과 노력에 비례하는 달콤함을 얻기 위해 오늘의 쌉싸름함을 삼키기에는 지금의 달달함이 부족하다. 당장 시급한 한 숟갈의 행복을 위한 조그마한 소망에 자그마한 실현.

하루 한 숟갈의 성취를 위해 오래된 벽지를 걷어내고 페인트를 칠했다. 소박한 바람에 어렵지 않은 노력만 보태면 될 것 같았는데 로망보다 흘러넘친 흰색의 페인트는 머리카락부터 얼굴, 손, 옷을 뒤덮어 덧칠까지 끝냈을 땐 눈사람이 되었다. 눈부신 하얀 벽과 더 하얗게 물든 콧등, 볼, 어깨를 얻었다.

사방으로 펼친 손가락 같은 광택 있는 잎, 냄새와 새집 증후군을 없애주는 홍콩야자가 상상의 끝에서 현실로 넘어왔다. 흰색의 벽 앞에 선 녹색 식물은 활기차고 생긋한 잎으로 손바닥을 마주치려는 듯 마주 본다. 빼어난 공기 정화 능력으로 페인트 냄새를 지워주면 좋겠지만 아쉽게도 요만한 크기로는 너무 버거운 꿈이다.

하지만 조그마한 홍콩야자는 자그마한 공기 정화를 위해 작은 상상력을 발휘한다. 맑은 공기 한 숟갈씩 현실에 보태며 하루에 필요한 달달함을 이루어 간다. 소소한 소망에 수수한 실현이지만 오늘도 꾸준히, 매일매일 하나씩 현실이 되어간다.

_ 강한 적응력으로 물꽂이를 해도 뿌리를 내려요.

🌿 필레아페페

　동그란 초록빛 빗방울이 가지에 맺혀 흐른다. 풀잎처럼 시원한 여름비에 한창이던 더위는 물러가고, 홀로 남은 줄기 위 얇디얇은 가지 끝에 어여쁜 녹색의 물방울이 고였다. 발걸음보다도 낮은 이곳에 습기보다 걱정되는 것도 없지만, 모처럼 내리는 잠비에 하던 일을 멈추고 잠시 눈을 맞춘다.

　투명한 빗방울이 '똑' 하고 떨어지면 연녹색 잎에서도 쉼표 하나가 '톡' 하고 내려온다. 식물이 내어주는 휴식의 초록점은 방울이 되어 다시 하늘 위로 올라 창틀 아래로 투두둑. 굵은 소나기는 기지개보다 짧게 지나갔지만, 고단하고 지루했던 여름 보통의 날에 풀빛 멍울을 남겼다. 아프지는 않고 얄궂게 간지러워 작은 풀잎이 날 것 같은 풀의 멍울이 눈망울에 남겨졌다.

＿ 식물 초보자도 쉽게 키울 수 있어요.
＿ 햇빛이 많을수록 잎이 무성하게 자라고, 볕이 적으면 줄기가 길어지며 잎이 커져요.

🌾 거북등 알로카시아

짙은 녹색의 잎 위로 굵고 선명한 은백색의 잎맥이 가로지른다. 거북이 등을 닮은 큼직한 잎사귀는 엉금엉금 일요일 오후를 기어간다. 크게 하품 한번 해보지만 나른함은 눈가를 서성이며 떠날 줄을 모른다. 느리게 느리게 일요일 오후 2시 14분. 15분은 10분 뒤에 더디게 오기를, 월요일은 내일 모레쯤 만나기를, 거북이처럼 느릿느릿 걷기를.

노곤한 몸을 꼼지락거리며 해를 따라 화분을 돌려주었다. 살짝 닿은 햇빛은 등껍질을 타고 굴러간다. 멍 때리며 잎을 구경하니 이대로 스르르 졸음이 올 것 같다. 하지만 그대로 주말을 보내기에는 너무 아쉽다. 오늘이 지나면 무거운 등껍질을 짊어지고 금요일까지 쉴 틈 없이 걸어야 한다. 거북등은 알로카시아에게 잠시 걸어두고 남은 오후의 나른함을 만끽하자. 벌써 2시 16분이다. 시간이 간다.

🌿 틸란드시아 코튼캔디

여행을 떠날 땐 많은 준비를 하지 않는다. 목적지도 정해 놓지 않은 채 무작정 떠나기도 한다. 계획 없는 여행이 불안할 때도 있지만 불확실성은 우연을 만들고, 우연은 새로운 만남을 갖게 해준다. 무심코 들어갔던 작은 마을의 귀여운 숙소는 뜻밖이었고, 숙소의 사장님이 권해준 맛집은 필연이 되었다. 돌아오는 길에 발견한 한적한 산책로의 자귀나무조차 불확실성이 만들어준 오늘의 특별한 만남이 되었다. 때론 잘못된 선택을 할지도 모르지만 그래도 괜찮다. 실패하는 법을 배우는 것은 생각보다 무서운 일이 아니다.

우연에 기댄 여행은 가벼워야 한다. 은빛의 은은한 여행자 코튼캔디의 가방처럼. 화분도, 벽걸이도 필요 없다. 가벼운 바람과 적당한 분무만 있으면 충분하다. 이따금 물속에 흠뻑 담가주기만 해도 소박한 여행길은 완성된다. 뜻하지 않게 들어간 작은 가게에서 발견한 코튼캔디에서 오늘의 여행이 시작되었다.

_ 일주일에 한 번 흠뻑 물에 담가주고 충분히 말려주세요.

블루스타고사리

길을 잃지 않기 위해 밤하늘의 별은 길잡이가 되었다. 아무렇게나 쌓아둔 책 위에서 파스텔톤의 푸른 은빛이 방 안을 비춘다. 희망의 색이 있다면 분명 블루스타고사리의 그것과 닮아 있을 것이다. 너무 파랗지도 그렇다고 선명한 녹색도 아닌 은은한 청록색의 잎은 내일도 변함없이 괜찮을 거라 위로한다. 물결치듯 갈라진 잎들은 방 안 우주를 유영하며 잔잔히 퍼져나간다.

어느 위치에서도 무난하게 잘 자라는 푸른 별은 높은 습도만 유지해 주면 큰 무리 없이 자란다. 관리도 어렵지 않아 키우기 쉬운 편이다. 희망은 대단한 것이 아닐지도 모른다. 무던함 속에서도 특별함이 자랄 수 있다. 섬세하고 정교하게 돌봐야지만 각별한 아름다움을 접할 수 있는 것은 아니다. 평범한 일상 속에서도 비상함의 푸른 별이 떠오를 수 있다. 그래서 희망은 많고 많은 푸른빛을 닮아 있다.

🌿 백화등

얼기설기 놓인 화분들이 어지럽게 모여있다. 회색빛 옥상 마당엔 상추, 고추, 방울토마토의 흔적만 남았고, 마른 잎들은 다음 순서를 기다린다. 넘치도록 해를 만나고 흠뻑 비에 젖으며 언제든 바람에 몸을 털어낼 수 있다는 사실에 집 안에만 머물던 식물들은 조바심이 났다. 텃밭 대신 정원. 다양한 채소들을 뒤로하고 문 앞 작은 공간은 비밀스러운 나만의 정원이 된다.

비밀정원의 시작은 덩굴 식물이다. 덩굴로 뒤덮인 아치형의 비밀스러운 정원 입구만큼 은밀한 백화등은 윤이 나는 짙은 녹색의 잎과 흰색의 꽃을 갖고 있다. 무성한 잎 사이 적갈색의 줄기는 끊임없이 감을 것을 찾는다. 벽, 줄, 다른 식물을 가리지 않고 닿는 것을 줄기로 감싸며 햇볕을 찾아 올라간다.

붉은 벽돌 위 아직 수줍은 줄기는 조심스레 손을 내민다. 초록 잎이 채워지고 언젠가 늦은 봄이 오면 흐드러지게 필 백색 꽃의 달큼한 향에 취하고 싶다. 맥주 한 잔과 꽃향기의 은밀한 만남은 비밀이다.

 레몬유칼립투스

달빛 아래 도시에도 별들이 켜졌다. 작은 창마다 별 하나씩 불빛을 밝힌다. 옥탑방 평상 위의 낭만은 술잔 안에 담겨 있다. 사랑스러운 밤을 위해 한 잔, 기분 좋은 바람에 한 잔, 한 잔을 위한 한 잔. 소소한 안주와 조금 쓴 술이 부드럽게 넘어간다. 레몬유칼립투스의 잎을 으깨어 주위에 놓으면 바람결에 흩어지는 레몬향이 귀찮은 방해꾼들을 쫓는다. 은은한 녹색의 잎과 단아한 줄기가 잔 위에 일렁이면, 고운 별빛은 나만의 정원 위로 파도친다.

소중하고 아름다운 것들은 빠르게 지나간다. 만발한 꽃도, 라디오의 옛 노래도, 그리움의 생채기만 남기고 스쳐 지나간다. 지나간 계절처럼 다시 돌아올 수 없기에 옥탑방의 낭만은 짧지만 그윽하다. 마치 청춘처럼.

_ 잎의 오일은 벌레를 퇴치하는 기능이 있어요.
_ 추위에 약하니 겨울에는 집 안으로 들여놓아야 해요.

안심Touch

🌿 흑동백

스무 살의 꽃은 겨울바람과 함께 피었다. 입학식을 위해 서울에서 맞이한 첫 겨울은 매섭게 추웠다. 청바지에 흰 셔츠만 입고 거제도의 날씨만 생각하며 왔으니 당연한 결과였다. 그 이후로도 서울의 겨울은 아직까지 적응이 되지 않는다. 격하게 덥다 날카롭게 추워지면 여전히 열아홉, 입시를 준비하던 겨울로 돌아간다.

찬 바람이 불어야 만날 수 있는 붉은색 꽃은 어딜 가나 피어 있었다. 집 앞 화단에도, 도서관에도, 길거리에도 홀로 피어 겨울을 보낸다. 타원형의 윤이 나는 잎은 계절이 무색하게 꽃과 흐무러져 있었다. 미술 학원이 끝나고 돌아오던 밤, 꽃봉오리 같은 오늘을 달래며 언젠가 피어날 스무 살을 버티게 해준 동백꽃이었다.

흑동백 하나 봤을 뿐인데, 좀 더 짙은 꽃에 진한 잎을 보았을 뿐인데, 지난날의 기억이 쏟아진다. 스무 살을 넘긴 밤은 조금 더 깊고 검붉은 흑동백이 되었다. 아마도 붉은 뺨 같던 열아홉의 밤보다 더 큰 위로가 필요하기 때문이 아니었을까.

_ 중부 지방에서는 월동이 힘들어 겨울엔 집 안으로 들여놓아야 해요.

🌾 비파나무

　꼬물꼬물 줄지어 개미들이 걸어간다. 줄 따라 한 걸음씩 옮기면 꽃잎 위 날갯짓하는 나비를 만난다. 밤사이 젖은 날개를 말리던 나비는 관심 없다는 듯 나풀거리다 훌쩍 날아가 버렸다. 나비가 사라진 담벼락 좁은 틈엔 이름 모를 풀이 갸우뚱거리고, 어디선가 찌르르 벌레가 울면 비파나무로 달려갔다.

　까치발을 들고 열매를 따서 한입 베어 물면 새롭게 놀 거리가 생겼다. 길쭉하고 둥근 잎의 톱니처럼 생긴 가장자리로 나무를 켜는 시늉을 하다 보드라운 촉감에 손바닥 위로 굴려본다. 잎 뒷면에 잔뜩 난 털들이 간지럽다. 한참을 웃다 노랗게 익은 열매를 하나 더 따면 초여름의 향이 추억처럼 퍼진다.

　온종일 놀 거리로 가득 차 있던 마당에서 놀이를 잊은 어른은 한동안 잊고 있었던 비파나무를 만져본다. 여전히 간지러움에 약한 나는 한참을 웃었다.

_ 중부 지방에서는 월동이 힘들어 겨울엔 집 안으로 들여놓아야 해요.

🌿 은쑥

손끝에 전해지는 보들보들한 촉감. 옹기종기 모인 은녹색의 잎은 도도함을 버리고 자신을 허락한다. 부드러운 감촉이 손가락 마디마디 전해진다. 사람 손 많이 타서 좋을 리 없겠지만 도저히 참을 수가 없다. 강아지의 배를 쓰다듬듯, 고운 실크를 매만지듯. 살갗에 닿는 느낌이 좋아 결국 한 번 더 어루만진다.

은쑥으로 만들어진 침대가 있으면 좋겠다. 보드라운 기운에 잠들고 깨어나, 부들부들한 하루를 시작하도록. 만나는 사람마다 마음이 명주실처럼 고와지도록. 절절한 사랑 고백 중에도 여전히 한 손은 은쑥을 향해 있다. 단연코 장담할 수 있다. 한 번도 안 만져 본 사람은 있어도, 한 번만 만져 본 사람은 없다.

_노지 월동이 가능한 식물이에요

🌿 꼭지윤노리

시끄러운 새소리에 서늘했던 앞마당이 떠들썩하다. 찬 바람 불어 붉게 익은 열매를 먹기 위해 뿔빛 검은색 부리를 여기저기 찔러대며, 회색 깃 펄럭이는 통에 한적하던 옥탑방이 요란했다. 아직 야무지지 못한 가지가 꺾여 버릴까 걱정되어 급히 손을 휘둘러 보지만 포기 못한 잿빛 새는 난간에 앉아 눈치를 본다.

이름 모를 새도 감시할 겸 커피 한 잔을 들고 자릴 잡았다. 어느새 여물었는지 빨갛게 익은 동그란 열매는 맛스럽게 보이기도 했다. 여리여리한 줄기 끝 앙증맞게 달린 몇 개의 잎사귀 사이 알알이 맺힌 붉은 점. 이름 모를 새가 가을을 알리는 점 위로 몇 번을 날갯짓하다 건물 뒤로 휙 날아간 뒤로도 한동안 꼭지윤노리를 바라보았다. 겨울이 오면 잎은 떨어지고 열매는 붙은 채로 봄을 맞이하다 따듯한 바람 불면 이별을 고한다. 그리고 흰 꽃이 피어 여름 지나 다시 가을이 오면 잊었던 이름 모를 새도 다시 찾아올 것이다. 그땐 여문 가지 딛고 열매 하나 얻어 가면 좋겠다. 탐스럽게 익은 가을을 얻어 가면 좋겠다.

_ 노지 월동이 가능한 식물이에요.

 아글라오네마

> "제일 친한 친구야. 항상 행복해하고 질문도 안 해.
> 뿌리도 없거든."

레옹은 아끼던 화분을 마틸다에게 맡긴다. 지킬 수 없는 약속인 것을 알면서도 담요로 감싼 식물과 함께 나올 수밖에 없었다. 은빛 무늬와 녹색의 길쭉한 잎. 추위에 약한 아글라오네마는 공허한 방 안에 살아있는 유일한 존재이자, 주인공 스스로를 투영한 대상이다. 땅에 뿌리내리지 못하고 표류하는 삶.

방황하는 것은 몸이 아니라 마음이다. 독립 후 몇 번의 이사에도 뿌리를 내리지 못한 삶에 마음이 흔들린다. 더 이상 적을 곳이 없는 주민등록증 뒷면의 마지막이 내가 좋아하는 곳이면 좋겠다. 건물들이 아닌 가지 사이로 해가 지는 아름다운 곳. 그런 곳을 만나면 영화의 마지막 장면처럼 그곳에 나를 심으며 마틸다의 대사를 건네고 싶다.

> "여기가 좋겠어요, 레옹."

_ 추위에 약해요.
_ 실내 직사광선을 피해 키워주세요.

초록 식물들과 살아가기

조금 높아진 천장과 넓어진 창 덕분에 더욱 많은
선택을 할 수 있게 되었지만, 같은 공간 안에서도
해는 다르게 떠오르고 바람은 고르지 않게 불며
밤은 시간차를 두고 찾아온다. 온도, 습도, 통풍
은 각 공간과 생활 습관에 따라 달라지고 늘어난
식물들은 우리의 관심과 노력을 기다린다.

🌿 켄차야자 거실

　푸르름이 채워질수록 더워지는 모순을 알아채기도 전에 숨 막힐 듯한 무더위가 기승을 부린다. 여름이 녹아내려야 세상은 초록으로 변한다. 초록은 여름이 되고, 여름은 초록이 되어 뒤엉킨다. 풀어헤친 계절은 비릿한 소나기의 물내음을 내며 헝클어졌다가 낮의 열기를 품은 짙은 줄기 위로 묵직하게 풀어졌다. 켄차야자의 잎들은 힘 있게 뻗으며 미세한 비대칭의 숲을 만든다. 녹아내린 것들을 양분 삼아 연녹색의 새 줄기가 비상하듯 잎을 펼치면 마침내 거실에도 초록비가 내린다. 시원한 녹빛의 거센 줄기를 맞으려면 무더위의 한가운데에 들어가야 하는 역설적인 계절은 뜨겁고도 차갑다.

　빗줄기를 맞은 거실엔 촉촉한 풀냄새가 난다. 이제 초록비의 계절이다.

_ 어느 곳에서도 잘 자라요.

🌿 킹벤자민 [거실]

조용한 하루가 시작된다. 푸른빛이 맴도는 은근한 아침 눈을 떠 차분한
오늘을 기다린다. 식탁 옆 녹색의 잎들은 소리 없이 미끄러지며 초록빛의
인사를 건넨다. 회갈색의 줄기가 강건하게 중심을 잡으면, 가지가 부드럽
게 늘어지며 무성한 잎들이 고요한 새벽을 깨운다. 어스름한 풀빛의 시간
을 닮은 킹벤자민은 섬세하다. 작은 환경의 변화에도 잎을 내리고 새로이
잎을 내어 다시금 아침을 맞이한다.

커피 그라인더의 소리가 퍼지면 탁한 갈색 향이 낮게 드리운다. 음악을
고르고, 노릇하게 구워진 빵을 꺼내어 크림치즈를 아낌없이 바르며 부지런
한 게으름을 피운다. 익숙한 선율의 노래가 의자 위에 앉으면 평온한 일상
에 접어든다. 어제와 다를 것 없는 보통의 날이 기다려지는 건 특별함은 평
범함의 모습을 띠며 오기 때문이다. 조금씩 해가 뜨고 긴 타원형의 잎에 옅
은 붉은색이 맺힌다. 미처 찾아내지 못했던 아름다움을 흔한 오늘에서야
만났다.

_ 햇볕이 잘 드는 환경을 좋아해요.

안심Touch

아디안텀 거실

윤기나는 검은색 잎자루를 따라가다 보면 연녹색의 잎들이 찰랑거린다. 밝은 초록 조각들은 흰 벽에 뿌려진 햇살과 함께 부스러지며 거실로 흩어진다. 반짝이는 햇살에 녹아들면 아디안텀은 그림자와 함께 춤을 춘다. 왼쪽에서 오른쪽으로 온종일 지칠 줄 모르고 연녹색 잎들을 흔든다. 때로는 바람과 함께 때로는 물방울과 함께 쉬지도 않고 온 거실을 누비며 살랑인다.

아침부터 저녁까지 계속되는 춤사위에 내 마음도 들썩거려 사뿐한 마음에 손 내밀고 함께 발을 맞춰보았다. 아디안텀의 그늘을 따라 한걸음 한걸음 종일 사락사락 움직인다. 함께 춤추는 초록 파편들에 봄마다 열리는 소박한 무도회가 내일도 기다려진다.

_ 직접 햇빛을 받으면 잎이 말라 죽을 수 있으니 반음지에서 키워주세요.
_ 습도를 좋아하는 친구라 공중 습도를 높게 유지해 주세요.

🌿 오렌지 쟈스민 `거실`

아직 여물지 못한 푸릇한 열매와 진한 녹색의 잎이 햇살을 맞는다. 거실 한구석에서 온몸으로 볕을 받아내던 오렌지 쟈스민은 몇 번이고 달큼한 향의 흰 꽃을 피우더니 드문 결실을 맺었다. 푸릇한 열매는 곧 빨갛게 변해 무성한 잎 사이 자신의 존재감을 뽐낼 것이다. 하지만 완전히 영글기 전 푸르름을 간직한 작은 열매는 그보다 큰 잎들 사이에 가려 잘 보이지 않는다.

식물의 시간은 정직하다. 더디다 타박하지도, 스스로를 책망하지도 않는다. 덧없는 자책은 성장의 밑거름이 되지 못한다. 성장의 기준은 한 치 자란 키가 될 수도 있고, 풍성하게 틔운 잎과 화려한 흰 꽃잎이 될 수도 있지만 결국 모든 것을 기다릴 줄 아는 인고의 시간이 필요하다. 재촉한다고 무른 초록이 붉어지지 않는다. 불안하고 조급한 마음은 잠시 녹색의 열매에 묻어 놓고 햇빛 아래 단단해지자. 때가 되면 뽀얀 내 뺨도 붉게 물들며 나보다 조금 큰 이들 사이에서도 아름답게 빛나는 순간이 올테니까.

_ 식물 초보자도 쉽게 키울 수 있어요.
_ '오렌지 쟈스민' 또는 '오렌지 자스민'으로 유통되지만. 올바른 표기법은 '오렌지 재스민'이에요.

🌿 극락조 거실

꽃을 감싸던 홍자색의 포가 갈라지며 화려한 오렌지색 날개를 펼친다. 짙은 파란색의 꽃잎이 고개를 들면 아름다운 극락조의 날갯짓이 시작된다. 진녹색의 크고 굵은 줄기와 커다랗고 긴 타원형의 잎이 모여 숲을 이루면 매끄럽게 뻗은 극락조의 꽃은 숲 사이를 노닐며 고운 자태를 뽐낸다.

넋을 놓고 꽃을 바라보다 습관처럼 카메라를 들었다가 단 한 장의 사진만 남긴 채 내려놓았다. 제대로 남기지 못한 아름다움이 아쉽고 다시 꽃을 만나는 것이 어려운 일도 아니지만, 첫 기억의 순간 속에 남고 싶었다.

> "어떤 때는 안 찍어. 아름다운 순간이 오면 카메라로 방해하고
> 싶지 않아. 그저 그 순간 속에 머물고 싶지.
> 그래 바로 저기, 그리고 여기."

영화 속 대사처럼 카메라를 내려놓고 그저 바라보았다. 그동안 돌아보지 않을 시간들을 버릇처럼 찍으며 너무 많은 것들을 남기려 했다. 흩어지는 수백 장의 사진들 중 머물고 싶은 기억은 몇이나 될까?

머물던 자리에는 아직 꽃이 피어있다. 그래 바로 저기, 그리고 여기.

_ 어느 곳에서도 잘 자라서 키우기 어렵지 않아요.
_ 영화 〈월터의 상상은 현실이 된다〉에 나오는 대사예요.

🌿 올리브나무 거실

소금을 넣은 끓는 물에 파스타 면을 삶는다. 올리브유를 두른 팬에 마늘을 어느 정도 익힌 후 페페론치노와 함께 노릇해질 때까지 볶는다. 파스타 면과 면수를 넣고 후추를 뿌려준 뒤 접시로 옮겨 담아 파슬리로 마무리한다.

머리가 복잡할 땐 요리를 한다. 끓이고, 썰고, 볶고, 간을 하는 단순하고 규칙적인 움직임 속에 어지러운 생각들을 던져 놓는다. 익숙하고 명료한 행동 속에 손을 맡기며 간단하지만 확실한 성취감을 음미한다.

여전히 뒤범벅된 갈등이 입안에 까끌하게 남아 있다면 올리브나무를 바라본다. 뿌리는 줄기를 만들고 줄기는 가지를, 가지는 잎을 틔우는 간결한 법칙 속에 식물은 자란다. 요리의 과정보다도 더 간략하고 뚜렷한 규칙으로 만들어낸 회백색의 줄기와 진녹색의 잎엔 군더더기 없는 선과 면의 세련됨이 배어난다. 마주난 긴 타원형의 잎도, 비늘 같은 은색 털이 밀생한 회녹색의 잎 뒷면도 간결한 법칙 안에서 이루어진다. 단순함이 만들어낸 균형과 조화 앞에 복잡했던 것들이 매끄럽게 밀려난다. 흐트러진 고민들은 놓아주고 눈앞의 분명한 아름다움을 잡아야 한다. 놓아야 잡힌다. 우선 먹고 감상하자.

_ 햇볕이 잘 드는 곳을 좋아해요.
_ 10년 정도 성장해야 과실이 맺혀요.

안심Touch

🌱 스프링삼나무 거실

일 년에 한 번 그 상자를 꺼낸다. 초록색 바탕에 빨간색 패턴이 새겨진 양철 상자는 덜그럭 소리를 내며 긴 기다림을 끝냈다. 뽀얀 먼지를 뒤집어 쓴 상자 안에는 얼기설기 엉켜있는 전구와 알록달록 오너먼트, 귀여운 일러스트가 그려진 크리스마스카드들이 담겨 있다. 그동안 받았던 카드를 읽어보는 것을 시작으로 크리스마스를 준비한다. 슬픔과 아쉬움 없이 기쁨과 고마움이 넘치는 글을 읽으면 한 해 동안 부족했던 행복이 충전된다. 크리스마스카드엔 불행이 없다. 그래서 좋다.

얽혀있는 전구를 조금씩 풀어 스프링삼나무에 걸어준다. 줄기를 감싸듯 나선형으로 자라는 청록색의 침엽처럼 올해의 즐거웠던 기억도 천천히 감아준다. 우연히 만났던 옛 친구에 반짝, 조그마한 배려에 반짝, 예상하지 못했던 선물에 반짝이며 작은 전구는 기쁨으로 환하게 빛난다.

다양한 빛깔의 오너먼트를 걸고 캐럴까지 틀면 준비는 끝났다. 이제 카드를 꺼내 펜을 들면 크리스마스는 시작된다. 고마움과 감사함, 기쁨과 칭찬만이 담긴 온전한 행복을 담아 너에게 보낸다.

_ 햇볕이 잘 드는 곳을 좋아해요
_ 독특한 생김새 덕분에 '용수철삼나무'로 불리기도 해요.

🌿 휘카스 움베르타 침실

간지러운 햇살이 얼굴에 쏟아진다. 밤새 웅크렸던 몸을 힘껏 뻗기도 전에 커튼 사이 넘치는 빛은 넓고 푸른 잎 사이로 흐르고 있었다. 초록빛으로 물든 아침이 시작된다. 눈을 뜨면 침실 창가에서 커다란 하트 모양의 잎을 흔들며 사랑을 속삭인다. 깨어나는 아침에도 잠드는 밤에도 휘카스 움베르타의 열정적인 고백은 쉬지 않고 이어진다. 냄새를 제거하고, 산소를 만들어 내며 눈에 보이지 않지만 끝을 알 수 없는 애정을 쏟아낸다. 작은 화분에 심어져도, 종종 추위를 타 잎을 떨구어도 불평하는 법이 없다. 너무 춥지만 않도록 관리해 주면 낯선 환경에도 적응하며 새잎을 다시 틔운다.

옅은 회색의 가지 위로 조건 없는 사랑이 살랑이며 춤춘다. 듬뿍 받은 사랑을 다시 돌려주고 싶다. 아침부터 밤까지 하염없이.

_ 공기 정화, 냄새 제거, 산소 배출이 뛰어나 '산소 제조기'라는 별명이 있어요.
_ 추위를 타면 잎을 떨구는데, 이때 죽은 줄 알고 버리는 사람이 많아요.

🌿 하와이안 자귀나무 침실

저녁 무렵 해가 질 때면 하와이안 자귀나무는 잎을 오므리며 반달콩 같은 잎을 맞댄다. 수고한 오늘, 이만 쉬러 가는 듯 잎을 접고 하루를 마무리한다. 마침표 없는 불빛에 밤을 잃고, 어둠을 낮처럼 사는 우리에겐 다소 생소한 모습이다. 계속되는 야근에 두 팔은 쉴 틈 없이 펄럭이고, 하루가 지나간 아쉬움에 편히 두지 못하는 눈동자는 모니터를 따라가기 바쁘다. 가물가물해진 쉼표 하나 그리지 못하는 저녁이다.

잃어버린 휴식을 찾아 떠난다. 해가 지면 낮 동안 펼쳐 놓았던 초록 잎을 포개듯, 서류철은 접어 두고 온전한 휴식에 기댄다. 다시 아침이 오면 가볍게 몸을 털며 상쾌한 잎을 활짝 펼칠 수 있도록.

_ 햇볕이 잘 들고 바람이 잘 통하는 적절한 환경을 조성해 주면 봄부터 가을까지 계속 꽃을 볼 수 있어요.

안심Touch

🌿 아레카야자 침실

침대 밖은 아무래도 위험하다. 온갖 위험이 도사린다. 계절을 가리지 않고 찾아오는 먼지들과 건조한 공기는 사방으로 퍼지며 으름장을 놓는다. 아무리 뽀송한 이불과 베개를 준비해도 퍽퍽한 기분에 여전히 개운치가 못하다. 공기청정기는 불규칙한 소리를 내며 애쓰지만 창백한 백색 가전은 마음까지 위로해 주지는 못한다. 좀 더 섬세한 돌봄이 필요하다.

아레카야자는 녹색의 온기와 성실한 관심으로 나를 보살펴 준다. 미항공우주국(NASA)이 선정한 공기 정화 식물 중 가장 뛰어난 식물로 꼽힌 자신의 눈부신 타이틀에 도취되지 않고 착실하게 자기 몫을 해낸다. 맑은 공기를 만들어 내는 것뿐만 아니라, 촉촉한 수분을 내뿜으며 습기를 보충해 준다. 자신의 성과를 우쭐거리지 않고, 곱고 가는 잎을 묵묵히 펼치며 초록의 따뜻함으로 주변을 감싼다.

도처에 내려앉은 갑갑함에 일상의 안녕을 묻는다면, 시원하게 뻗은 잎과 줄기에 기대어 안녕하다고 말하고 싶다. 침대 밖은 아무래도 안녕하다.

_ 건조하지 않도록 자주 분무해 주세요.
_ 공기 정화에 뛰어나고 대기 중으로 수분을 방출하는 능력이 탁월해요.

🌿 문샤인 침실

은색의 빛나는 달이 뜨면 소원을 빈다. 조그마한 잎의 크기만큼 자그마한 바람을 담아 달빛 위로 띄운다. 엄마의 화분 속 꽃은 언제나 조금 천천히 졌으면 좋겠다. 아버지의 퇴근길엔 빈자리 한 곳은 항상 있기를 바란다. 친구의 증명사진이 가끔 실물보다 더 어여쁘게 찍혔으면 싶다. 내가 서 있는 마트 계산대의 줄이 이따금 빨리 줄어들길 바란다.

한 뼘 만큼의 기도가 이루어지길 문샤인에게 빌어본다. 작고 귀여운 행운은 파랑새의 날개 대신 침대맡 은녹색의 잎에 앉았다. 동그랗게 말린 은은한 녹색의 잎은 귀중한 것을 감싸듯 손을 모아 가까운 행복을 잡는다. 하늘 위의 커다란 달은 밤을 밝히고, 머리 위의 은빛 달은 작지만 소중한 것들을 비춘다.

머지않아 오랫동안 피어있던 꽃이 얼마나 예뻤는지 엄마가 말해줬으면 좋겠다. 아버지의 운이 좋았던 어떤 하루의 이야기도 기다려진다. 친구의 시시한 자랑도 듣고 싶다. 그때 나도 문샤인의 깜찍한 행운에 대해 들려주고 싶다.

_ 공기 정화에 뛰어난 식물이에요.

_ 한 달 정도 물을 주지 않아도 죽지 않아요.

🌿 무늬몬스테라 [침실]

여름을 맞아 몬스테라를 다른 곳으로 옮기고 무늬몬스테라를 들여놓았
다. 여전히 진한 녹색의 잎에 크림색의 산뜻한 무늬로 새 옷을 입은 무늬몬
스테라는 갈라진 커다란 잎을 치켜세우며 연노랑 수놓아진 옷을 시원하게
움직여 댔다.

침대 커버와 이불, 베개도 새 것으로 바꿔 주었다. 흰색 바탕에 초록색 야
자 잎과 귀여운 노란색 새가 새겨진 가슬가슬한 이불을 꺼내고, 같은 그림
의 베갯잇과 옅은 녹색의 침대 커버로 새로운 옷을 입혀 주었다. 회색의 보
들보들한 잠옷도 짙은 파란색에 노란색 파인애플이 그려진 것으로 바꿨다.

텁텁했던 마음에도 새 옷을 입혔다. 푸른 하늘색 바탕에 녹빛의 실로 꿰
어 청록색의 구름을 수놓은 옷을 꺼내 입고, 한껏 들떠 몇 번이고 옷자락을
흔들었다. 계절의 옷장에서 나온 무늬몬스테라와 함께 마음엔 풋풋한 풀
향기가 났다. 식물도 나도 여름으로 갈아입었다.

🌿 황칠나무 침실

침실엔 그 흔한 수납장 하나 없다. 비워야 할 곳을 채우면 넘쳐 버린다. 묻지 않아도 복잡한 잠들기 전까지의 공백을 이것저것 답하느라 보내고 싶지는 않다. 푹신한 침대와 촉촉한 가습기, 편안한 아로마 오일이면 잡다한 생각이 비워진다. 아니 비워야 한다. 물건엔 생각이 담긴다. 서사가 만들어진다. 사연이 있다. 그래서 잠이 드는 이곳엔 오직 초록만이 허락된다.

몇 장으로도 충분한 잎사귀, 풍성하지 않아도 모자람이 없는 가지. 황칠나무는 여백의 잠자리로 이끈다. 한 숟갈 부족한 듯한 빈자리가 여유를 만든다. 가느다란 줄기 끝에 소소하게 갈라진 타원형의 잎은 보면 볼수록 느긋하다. 조급하지 않아도 넉넉한 초록 나무를 보며 식물멍을 하다 보면 생각이 단순해진다. 잠이 온다. 편안한 녹색의 숙면이 오늘 밤에 찾아온다.

_ 햇빛을 좋아해요.

_ 상처가 난 나무껍질에서 나오는 노란색 수액은 '황칠'이라 부르며, 도료로 사용돼요.

🌿 드라세나 드라코 [침실]

추구하는 삶이 조금 느리게 흘러가도록 한다. 속도가 삶이 되어버린 도심 속에서 식물에 둘러싸인 이곳은 시간이 천천히 흐른다. 수천 년을 사는 드라코에게 오늘은 더디고 더딘 생의 한 부분이다. 줄기를 지나 빼곡한 잎들을 초록으로 채우는 찰나의 순간은 우리에게 전부였고, 쌓여가는 줄기는 낱낱이 드러난 일생이었다.

하루쯤 느슨하게 뒤처져도 괜찮다. 식물의 세월을 살듯 긴 걸음으로 내가 가는 방향을 바로 보는 것이 중요하다. 앞장서는 이들이 모두 바른 길잡이가 되는 것은 아니다. 뒤따라 가는 내일이 반드시 그림자에 가려지는 것도 아니다. 길고 긴 여행의 마지막은 고스란히 같은 풀빛이 된다.

느긋이 걷다 보면 성급했던 낮과 밤은 잠시 다음날로 미루고, 늘어뜨린 연녹색의 잎에 서 있게 된다. 빠르게 흐르던 도시 안에서 유독 천천히 흐르던 초록빛에 이끌려 하루쯤 머물고 만다.

_ 공기 정화에 뛰어난 식물이에요.

_ 화분의 흙이 충분히 말랐을 때 물을 주세요.

🌿 보라싸리 [베란다]

얼어있던 것들이 녹으면 따사한 바람이 불어온다. 얼어있던 것들이 녹으면 보고팠던 날갯짓이 돌아온다. 얼어있던 것들이 녹으면 기다리던 꽃이 피어난다. 보라색 꽃이 피면 굳었던 땅은 녹고 멈춰있던 작은 물줄기들은 모여 그리웠던 초록 잎을 만난다. 봄이 오면 그렇게 좋다.

줄기를 따라 거닐던 가늘고 긴 잎은 봄을 맞아 보라색 꽃을 만났다. 고운 선을 그리며 몽글몽글 일어난 보라색 아지랑이에 마음이 아른아른 하다. 베란다에 사뿐히 앉은 온기에 줄기는 흘러넘치듯 뻗어가고, 곧 만날 꽃망울들은 소풍 준비가 한창이다. 화분에 손가락을 넣어 흙을 만져본다. 아직 촉촉한 기운이 느껴지니 물은 다음 나들이에 주기로 한다. 손끝에 묻은 흙을 털어내면 기분 좋은 봄 내음이 깨어난다. 모든 것이 봄이 되는 보라색 꽃이 좋다.

_ 싸리나무를 닮은 보라색 꽃이 피어 '보라싸리'라고 불러요.

🌿 무화과 [베란다]

분명 남부 지방에서 자라는 것으로 알고 있는데 신기하게 이곳에서도 오랫동안 묵은 무화과를 볼 수 있다. 줄기와 가지를 잘라내어도 밑동에서 무성하게 가지와 잎을 낸다. 온실도 없이 서울의 매서운 추위를 이겨내고 자라는 무화과는 책 속의 글과는 확연히 차이가 난다.

상식의 틀은 깨는 무화과는 열매부터 범상치 않다. 꽃도 없이 열매를 맺어 '무화과'이지만 초록색의 열매가 무화과의 꽃이다. 커진 꽃자루에 수많은 작은 꽃들이 가려져 보이지 않게 되는 것이다. 독특한 식물의 특이한 생애는 도심 속 온실인 베란다에서도 자란다. 실내이지만 실내가 아니고 야외이지만 야외가 아닌, 꽃이지만 열매이고 열매이지만 꽃인 무화과에게 어울리는 곳이다.

_ 햇빛이 많은 곳을 좋아해요.
_ 남부 지방이 아닌 곳에서 노지 월동 시 추위에 피해를 입을 수 있어요.

🌿 실버레이디 [베란다]

나도 그대와 같은 시간이 있었다. 먹보다 짙은 검은 머리칼을 휘날리며 높은 구두를 신고 붉게 물든 입술을 깨물며 앞만 보며 걷던 시간이 있었다. 잊히는 것은 과거가 아닌 젊음이었다. 기억하는 것은 추억이 아닌 오직 젊음이었다. 늙는다는 것은 망각이 아니다. 오히려 지난날의 기억이 또렷이 각인되는 것이다.

은발의 숙녀는 망각의 시간 속에서 멈춰 버렸다. 가장 아름답고 화려했던 시절 속에 머무른다. 짧은 줄기 속에 초록색의 잎을 펼치며 까칠한 톱니 모양의 잎 가장자리를 드러내고 뾰족하게 나온 잎의 끝부분을 내민다. 작은 나무고사리는 눈부신 아름다움을 보이는 것에 부끄러움이 없다. 푸른색의 상큼한 손짓에 그때 그 시절의 쾌활함이 녹아있다.

생기가 넘치는 은발의 숙녀는 더 이상 나이를 헤아리지 않는다. 단지 허락된 녹색의 열정을 잎맥 위로 깊숙이 새겨 넣을 뿐이다. 주름마저 초록빛에 물든 은발의 숙녀는 간직하고 있다. 푸르른 젊음, 그 안의 젊음을.

_ 물을 좋아하니 물이 마르지 않도록 주의해 주세요.

_ 바람이 잘 통하는 곳에 놓아주세요.

안심Touch

🌾 목수국 [베란다]

선선하던 바람이 훗훗해지면 초여름의 꽃이 핀다. 봄이 지나고 텁텁한
기운이 스며들면 흰색의 꽃봉오리가 올라와 첫여름의 폭죽을 터트린다. 우
유같이 하얗고 뽀얀 꽃잎이 짙어지는 수풀 위로 불꽃을 일으켜야 비로소
녹음이 시작되는 것이다. 한 번도 빠짐없이 여름은 그렇게 시작되었다. 우
리는 미처 알지 못했지만 베란다의 작은 화분 속에서도 그해 여름은 그렇
게 왔다.

여름은 뜨거웠다. 쉽게 넘어가지 않겠다 작정한 듯 무더운 나날들이 계
속되었지만 그러면 그럴수록 흰 꽃은 더욱더 커다랗고 환한 불빛을 놓지
않았다. 찌는 듯한 나날들의 끄트머리, 하나 남은 꽃잎이 피고 마지막 잎이
마를 때까지도 그해 여름 베란다는 여전히 뜨거웠다.

_ 노지 월동이 가능한 식물이에요.
_ 실내에서는 키우기 힘드니 노지가 아닌 경우 베란다에서 키워주세요.

🌿 은방울나무 베란다

　우연히 흘러나온 노래가 하루 종일 입안에 맴돌 듯, 무심코 바라본 은방울나무가 온종일 마음속을 맴돈다. 뭉게구름이 방울방울, 길고양이 엉덩이가 방울방울, 사람들의 얼굴이 방울방울, 별들도 방울방울 흰 꽃이 피었다. 중독된 은방울은 떠날 줄을 모르고 내 머릿속을 차지했다.

　방울 모양의 흰 꽃은 엷고 단아한 청록색의 잎과 청초한 선의 붉은 줄기를 갖고 있다. 영롱한 꽃은 투명하게 빛나고 얇은 가지는 우아한 곡선을 그린다.

　포도송이처럼 탐스럽게 동글동글한 방울들이 또르르 굴러간다. 솜사탕 위로 또르르, 나비의 날개 위로 또르르, 둥근 달 위로 또르르, 내 마음속에 또르르 흔적을 남긴다. 이토록 아름답게 맺힌 방울방울을 멈출 수가 없어 눈이 무르도록 오랫동안 바라보았다. 결국 내 눈망울도 방울방울 피어 버렸다.

_ 베란다 월동뿐만 아니라 노지 월동도 가능해요.

🌿 티트리 베란다

　청량한 바람 소리를 닮은 초록의 무성함과 새들의 노랫소리가 들리는
듯한 작고 귀여운 잎, 푸른 잎이 풍성한 수풀을 걷는 듯한 줄기의 떨림은
베란다 한편을 녹음이 우거진 산책로로 만든다. 작은 벤치 대신 창틀에 걸
터앉아 향긋한 차를 들고 티트리 숲을 거닌다.

　가볍게 부는 바람은 오밀조밀한 잎을 슬며시 흔든다 내 두 뺨을 어루만
진다. 경쾌한 초여름의 터치에 기분 좋은 시원함이 지나간다. 얼굴을 비추
는 햇빛의 온기와 부드러운 바람에 한가로이 거닐던 티트리 숲에 발걸음
을 멈췄다. 약간은 따사롭고 조금은 서늘한 기운에 온몸이 나른해진다. 이
대로 잠시 눈을 감고 바람에 따라 움직이는 티트리처럼 나도 나무가 되어
본다. 몸의 힘을 빼고 나무처럼 바람에 몸을 맡긴다. 온전히 나무가 되면
고운 빛깔의 산새 한 마리가 어깨에 앉아 지저귀다 날아온 곳으로 돌아간
다. 고왔던 그 새가 돌아오길 바라며 숲이 그리울 땐 티트리를 바라본다.
저 숲 어딘가 여름의 시작에 함께 머물던 창틀에 앉아.

　_ 물을 좋아하니 물이 마르지 않도록 주의해 주세요.
　_ 살균 및 항바이러스 성질을 지니고 있어 다양한 용도의 오일로도 사용해요.

🌿 목베고니아 [베란다]

엄마의 베란다엔 목베고니아가 있었다. 엄마는 목베고니아를 보면 가을
이 생각난다고 했다. 초록의 여름을 지나 붉게 물든 가을을 만나고 검붉은
겨울을 기다리는 당신과 같다고 했다. 그러고선 가을을 제일 좋아한다며
웃던 엄마의 미소가 쓸쓸했던 이유를 그때의 나는 알지 못했다.

사방으로 퍼지는 검은색 줄기를 묶어 모양을 잡아주다 잎을 바라보았
다. 엄마의 세월이 제멋대로 생긴 잎에 눈처럼 하얗게 내려앉았다. 검버섯
처럼 핀 흰색의 무늬가 아름답고 애잔해 한참을 울었다. 나는 몰랐다. 나이
를 먹어도 마음은 그대로인 것을. 열일곱에서 멈춘 마음으로 평생을 살아
야 한다는 것을 나는 알지 못했다. 나의 얼굴에도 검버섯이 피고 그때의 엄
마를 만나면, 가을이 오기 전에 꽃처럼 곱던 봄이 있었다고 말해주고 싶다.
연분홍색 고운 꽃을 만난 열일곱 소녀의 봄이 목베고니아에 맺혀간다.

_ 분홍색 꽃이 펴요.
_ 적절한 온도를 유지해 주면 계속 꽃을 볼 수 있어요.

고개를 돌리면
식물이 있었으면 좋겠다

흰색의 윤기나는 길쭉한 사각형 화분, 원기둥의 흙색 플라스틱 화분, 거칠고 오돌토돌한 질감의 토분 등 모양도 색도 가지각색인 화분에 다양한 식물들이 늘어져 있었다. 문을 열면 반겨 주던 식물들은 사무실과 매장에서 조금씩 밀려나 문 앞을 지키다 어느새 사라져 버렸다. 어디든 식물과 함께 하는 공간을 만들기 위해선 준비가 필요하다.

🌿 벵갈고무나무

특출난 재주로 모든 이들이 동경해 마지않는 사람, 몸에서는 광채가 나고 입을 열면 논리정연하게 세상의 이치를 논하며 손이 닿는 곳마다 눈부시게 빛나는 사람이 될 줄 알았다. 평범한 직장인이 되는 일이 얼마나 어려운 것인지 몰랐다. 매일 아침 6시 30분에 일어나 버스와 지하철을 번갈아 타며 출근 시간 10분 전에 회사에 도착해 일하고, 점심 먹고 일하고, 퇴근하고 다시 출근하는 무난한 회사 생활이었다.

사무실에서 흔하게 볼 수 있는 벵갈고무나무의 무던함도 그냥 얻어진 것이 아니다. 어디든 한 그루는 있고, 개업 선물로도 곧잘 보내는 벵갈고무나무도 쉬운 것이 없다. 창가를 좋아하지만 어느 곳에 놓여도 광택 있는 녹색 잎을 내밀며 잎을 키우기 위해 노력한다. 통풍이 잘되지 않아 응애와 깍지벌레가 생겨 허옇게 끈적거려도 마른 잎을 붙잡으며 안간힘을 쓴다. 실타래 같은 뿌리를 계속 뻗으며 좀 더 굵고 튼튼한 가지를 만들기 위해 며칠이고 몇 달이고 공들인다.

평범한 하루도 대단하다. 원만한 오늘 속엔 끊임없는 나의 일상이 묻어 있다. 늘 변함없는 쳇바퀴를 돌며 같은 자리, 같은 모습이지만 바퀴 안의 다람쥐는 걸음을 멈춘 적이 없다.

_ 주위에 약해요.

🌿 타이거 산세베리아

호랑이 기운이 솟아나요!

보고서를 수정하고 있지만 호랑이 기운이 솟아난다. 부장님에게 혼났지만 호랑이 기운이 솟아난다. 주말도 반납하고 계속 일했지만 호랑이 기운이 솟아난다. 연이은 출장에 밥도 먹지 못했지만 호랑이 기운이 솟아난다.

어제도 야근이었지만 초록색 잎에 범무늬가 가득해 호랑이 기운이 솟아난다. 사무실 공기를 정화해 주니 호랑이 기운이 솟아난다. 물만 너무 많이 주지 않으면 호랑이 기운이 솟아난다. 깨끗이 잎을 닦아주면 호랑이 기운이 솟아난다. 지칠 때 타이거 산세베리아를 보면 호랑이 기운이 솟아난다. '어흥' 하니 호랑이 기운이 솟아난다. 칼퇴만 하면 호랑이 기운이 솟아난다.

_ 공기 정화에 뛰어난 식물이에요.
_ 한 달 정도 물을 주지 않아도 죽지 않아요.

🌿 구름새 선인장

생장점이 분화되어 성장하는 철화는 같은 종류라도 제각각 모습이 다르다. 각기 다른 방향으로 뻗어 나가며 자라, 같은 모양으로 생장하지 않는다. 이곳 사무실 안 같은 옷에, 같은 책상, 같은 볼펜을 쓰고 있어도 각각의 모습으로 살아가는 것처럼. 개성은 쉽게 지워지는 것이 아니다. 오돌토돌한 돌기처럼 뚫고 나와 각자만의 모습으로, 저마다의 방식으로 드러난다.

우린 한 공간에서 비슷한 목적을 갖고 있지만 난 나만의 형상을 만들어 간다. 초록보다 짙고, 파랑보다 옅게. 남들과는 다른 골짜기에 몸을 새기며 흰색 구름 위를 떠다니는 새가 될 때까지. 나만의 방향에 이를 때까지.

_ 물은 한두 달에 한 번만 주며 건조하게 키우는 것이 좋아요.
_ 생장점이 분화되어 성장하는 철화예요.

엽란

식물 기획서

사무실 환경에서도 원만한 성장을 지속하며 직원들의 휴게를 위한 식물로서 매우 적합하다. 녹색의 길고 커다란 타원형 잎은 40cm 정도 자라며 광택이 난다. 세로의 잎맥은 서로 평행을 이루고 있어 사원 간의 마음과 힘을 합치는 협동심이 필요함을 일깨운다. 잎 하나하나의 매력이 뛰어나 꽃다발의 재료로도 사용되나, 한데 모여있는 잎들의 아름다움 또한 우수하다. 협동심을 강조하는 역할로서 최선을 다하는 엽란은 잎의 끝부분을 가위로 다듬어 주어 깨끗한 잎 상태를 유지해 쾌적한 작업 환경을 조성할 수 있도록 한다. 저온에서도 잘 자라며 관리가 어렵지 않아 누구나 쉽게 키울 수 있으나, 구성원 중 담당자를 지정하여 꾸준하게 맡아 주는 것이 좋다. 이는 담당자의 미지정 시 발생할 수 있는 급수의 중복으로 인한 과습 또는 급수 단절로 인한 물 마름 피해를 예방할 수 있다. 상기의 이유로 엽란을 가꾸는 것은 팀원 간의 협력과 사무실 환경 개선 등의 효과를 기대할 수 있다.

공작야자

공작새의 깃털처럼 생긴 여러 개의 진녹색 잎들이 줄기를 따라 사방으로 퍼지며 화려하게 뻗어있다. 한껏 펼친 푸른 잎들은 지느러미를 힘껏 밀어내며 초록 바다를 헤엄치는 작은 물고기 떼 같기도 하다. 어떻게 보느냐에 따라 관점은 달라진다. 멀리 날지는 못하지만 아름답고 눈부신 깃을 갖고 있는 공작새와, 자유롭게 어디든 헤엄치지만 바다를 벗어나지 못하는 물고기는 닮았다.

관점의 차이는 아찔하게 나뉘어 숲과 바다로 갈라진 것 같지만 묘하게 섞여 비슷한 빛깔을 띠고 만다. 모든 일들은 각자의 시선대로 바라보고 뒤범벅되어 저마다의 언어로 해석된다. 같은 공작야자를 보고 누군가는 새를, 누군가는 물고기를 떠올릴 수 있다. 방점을 어느 곳에 찍느냐에 따라 논점 또한 변화한다. 나는 오늘 회사, 개인, 위치, 입장, 견지를 떠나 초록색 잎 위에 진하게 방점을 남기고 싶다.

_ 어렵지 않게 키울 수 있으며 추위에도 강해요.

비로야자

일과 여가 사이, 삶의 균형은 좀처럼 유지하기가 어렵다. 아슬아슬하게 수평을 유지해 보지만 매번 미끄러져 작은 기울기에도 아득히 떨어져 버리고 만다.

번번이 비틀어져 버리는 수평을 간신히 맞추게 된 건 비로야자를 만나고 나서다. 비로야자는 작은 무게 추가 되어 떨어지는 나의 눈과 마음을 잡아 주었다. 손을 펼치며 먼저 다가와 준 초록색 줄기와 잎은 아직 앳된 모습이지만 싱그러움으로 가득 차 있다. 서류와 카페인으로 넘치던 책상 위는 녹색의 친구를 만난 후 콧노래를 부르는 작은 휴양지가 되었다. 비로야자 아래 뜨거운 태양과 푸른 바다가 넘실거리면 몰아치던 감정의 파고도 순한 바람을 타고 흘러간다.

잡고 있던 커피잔이 뜨거워 잠시 내려놓았다. 보고서에 눌린 커피 자국에 정신이 까마득하지만 삶의 미묘한 경사도는 결국 평형을 이룬다. 보고서는 다시 쓰면 되고 풀빛 너울은 또다시 즐기면 된다.

_ 잎은 2m까지 자라요.

자바

　가늘지만 야무진 목대 위로 기다란 잎들이 자란다. 손가락 만치 얇은 굵기에도 쉬이 꺾이지 않는 줄기는 여러 가지로 갈라지며 굳세게 스스로를 지탱한다. 1cm도 안되는 너비지만 강한 바람이 불어도, 세찬 물줄기가 퍼부어도 흔들릴지언정 쓰러지지 않는다. 제 한몸 감당할 만큼의 단단함을 지니고 있다.

　연약한 나의 줄기도 단단해질 것이다. 넘어지고, 다쳐도 나의 마음은 부러지지 않을 것이다. 요동치는 순간들과 쏟아지는 일과에도 견고한 나이테를 쌓아간다. 거센 바람이 불수록 나무의 줄기는 튼튼해지는 법이다. 지금의 시간은 앞으로 다가올 더욱 커다란 시련을 견디는 시간. 나는 태풍을 견디는 나무가 되어간다.

　_ 식물 초보자도 쉽게 키울 수 있어요.
　_ 반음지성 식물이라 밝은 그늘에서 키우는 것이 좋아요.

레몬나무

나는 과정 속에 있다. 나만의 공간을 만드는 과정, 홀로서기의 과정, 스스로의 결정을 믿는 과정을 지나고 있다. 초록색 열매가 반짝거리며 맺히고 서서히 노란색으로 익어간다. 아직 밝은 레몬색이 드러나지는 않았지만 동그란 녹색 열매는 흰색의 꽃을 지나왔다. 탐스러운 과실을 맺기까지 뿌리를 내리고 줄기를 세우며 잎을 뻗어냈다.

시작은 작은 잎 하나였다. 연녹색의 작은 잎사귀는 뜨거운 햇볕에 안기며 키를 키웠다. 조금씩 줄기를 가꾸고 손에 굳은살이 박일수록 잎은 짙어져 갔다. 진한 향기의 흰 꽃을 품었을 때를 기억한다. 아직 야물지 못한 손길에도 하얗고 시린 꽃을 내어주었다. 마음속에 품었던 꿈은 초록빛 머금은 이곳으로 찾아왔다.

나는 과정 속에 있다. 상큼한 신맛이 콧잔등을 간지럽히고, 향긋한 달콤함이 입안을 가득 채울 레몬을 만나는 과정 말이다.

_ 햇볕이 잘 드는 곳을 좋아해요.
_ 물을 좋아해서 배수가 잘 되도록 심어주어야 해요.

🌿 유칼립투스 폴리안

아침에는 할 일이 많다. '달칵' 열쇠를 돌리면 문이 열린다. 커피 머신은 '우우웅' 낮게 울리는 소리를 내며 예열을 시작한다. 테이블을 닦아주고 컵들을 정리하다 보면 내 키보다 큰 유리창이 보인다. 오늘은 기분이 왠지 모르게 설레니까 '두둠칫' 음악을 틀어본다. '뽀드득뽀드득' 잘 닦인 유리를 보면 하루 종일 뿌듯하다. 항상 드는 생각이지만 마음도 생각도 이렇게 깨끗하고 투명하게 만들 수 있으면 좋겠다.

카페 문을 열기 전 식물들에게 물을 준다. 잎사귀 하나하나 골고루 세심하게 물을 뿌려주면 잎사귀에선 '또르르' 물방울이 떨어진다. 물을 좋아하는 폴리안의 화분이 마르지 않았는지 흙을 만지고 토분을 들여다본다. 난방기나 에어컨 바람에 자칫 건조해지지 않도록 꼼꼼히 살펴본다. 충분한 햇볕과 적당한 바람이 부는 창가에 놓아주고 줄기와 새잎이 잘 나는지 주의 깊게 본다. 창가에 비친 청록색 동그란 잎이 바람에 '사르르' 흔들린다. 커피 한 잔 '호로록' 마시며 문을 연다. '도근도근' 하루가 시작된다.

_ 추위에 강해요.
_ 화분 받침에 물을 주어 뿌리가 충분히 물을 흡수할 수 있도록 해주세요.

안심Touch

🌿 코로키아

오후 1시, 아메리카노, 창가 옆 두 번째 자리. 매일 같은 시간, 같은 음료, 같은 자리에 앉는 손님이 있다. 베이지색 바탕에 적갈색 패턴의 신발이 잘 어울리는 그 손님은 빨간색 노트를 펼치고 끝에 분홍색 지우개가 달린 육각형의 노란색 연필을 굴리며 오후를 끄적인다.

창가 옆 두 번째 자리에는 코로키아가 놓여있다. 먹먹한 검은 줄기와 어두운 녹색의 잎이 희미하게 녹아든 코로키아가 그 손님과 비슷하다고 생각했다. 묻힐수록 선명하게 드러나는 줄기와 잎은 차분하고 잔잔하게 커피 향에 잠긴다. 손님은 가끔 코로키아를 바라보다 무언가 큰 것을 발견했다는 듯 눈을 좁히고 노트에 적곤 했다. 아마도 자신과 닮은 점을 발견하고 반가운 마음으로 오늘을 기록하지 않았을까, 마음속으로 그려본다. 같은 자리에서 서로를 바라보는 타인과 식물, 그리고 그것을 지켜보는 나는 각자의 이야기를 쓰고 있을 것이다. 따뜻하고 포근한 상상력을 발휘하여 오후를 써 내려간다.

_ 햇볕이 잘 드는 곳을 좋아해요.
_ 바람이 잘 통하는 곳에 놓아주세요.

안심Touch

🌿 송오브인디아

노란색의 긴 잎에 짙은 녹색 무늬는 자유롭게 뻗은 선을 오선지 삼아 노래한다. 인상 깊었던 하루에 대해서도, 유독 맑았던 하늘에 관해서도. 매일매일 그날의 기분에 따라 노래한다. 송오브인디아의 꽃말처럼 번영과 영광이 함께 하면 좋겠지만, 그리하지 못하더라도 작은 카페 안엔 여유와 커피한 잔이 있으리라.

선곡의 자유는 나에게만 주어진 빛나고 아름다운 영예이다. 커피숍 사장의 권리이자 의무이며 안목과 실력을 보여준다. 선곡자의 명예는 쉽게 주어지는 것이 아니다. 커피 향과 채광, 무드 등을 고려하여 음악을 고른다. 분위기를 이끄는 선구자이자, 관객들을 설득하는 감독의 역할을 성실히 수행해야 한다. 크리스마스가 다가오면 두 달간 하루 10시간 이상 캐럴을 들어야 하는 쉽지 않은 길이다. 그럼에도 불구하고 오늘의 커피에 어울리는 음악, '커피의 노래'를 고르는 일은 항상 기다려진다.

_ 식물 초보자도 쉽게 키울 수 있어요.
_ 어두운 그늘에서도 적응하는 반음지 식물이에요.

🌿 홍자귀

붉은색 꽃이 터지듯 피어나면 만나자. 겨우내 아렸던 꽃망울이 봄을 만나면 묵은 이야기를 쏟아내자. 서로 맞잡은 손에 짙은 빨간색 꽃물이 들 때까지 밤새도록 털어놓자.

그래도 '좋아하는 일을 하는 네가 부럽다'는 말 대신, 쉽지 않았던 나의 하루를 묵묵히 들어줘서 고맙다. 가지 못하는 무거운 마음을 탓하지 않고 주말에도 피곤한 몸을 이끌며 내게 와준 네가 반갑다. 온종일 필요한 말 외엔 내뱉지 못해 답답하던 나에게 마음껏 말하라며 힘껏 내어준 너의 품이 그립다.

홍자귀의 산등성이 같은 가지는 우리의 시간을 닮았다. 오르고 내리며 함께 걸어온 세월이었다. 조곤조곤 돋아난 홍자귀의 초록 잎은 밤이 오면 잎을 맞대며 서로를 안아준다. 꽃을 만나면 잎이 닿으면 그땐 나를 내어주련다. 빨간 꽃 떨어져 마르고 다시 곱게 맺힐 때까지 너희 삶을 들어주련다.

_ 햇볕이 잘 들고 바람이 잘 통하는 곳에 놓아주면 봄부터 가을까지 계속 꽃을 볼 수 있어요.

🌿 립살리스 부사완

'너를 닮은 분위기, 너를 닮은 장소,
너를 닮은 음악에 너와 닮은 식물을 만났다.'

흰색의 세라믹 화분이 작은 카드와 함께 도착했다. 특유의 각진 글씨체
가 무슨 일이든 사뭇 진지한 그 사람을 떠올리게 해 진중한 표정으로 식물
을 바라보았다. 위로 뻗다 아래로 미끄러지듯 늘어뜨린 초록색 줄기와 하
얀색의 단아한 화분을 닮은 나는 어떤 사람일까. 식물 선물은 신중해야 한
다던 그 사람에게 나는 어떤 식물로 그려질까. 즐거운 호기심이 식물 사이
로 오가다 예전에 그 사람이 했던 말이 떠올랐다.

"답답한 거 싫어하면서 시끄러운 것도 좋아하지 않잖아."

자유롭고 평온한 삶을 지향한다던 나의 말을 흘려듣지 않은 그의 진심
에 가장 좋아하는 선반 위를 내어 주었다. 그 사람을 떠올리며 그의 취향을
고려한 식물과 짧은 글을 답장으로 보낸다.

'식물은 나를 닮고, 선물 속엔 네가 함께 왔다.'

_ 따뜻하고 습도가 높은 환경을 좋아해요.

안심Touch

블랙벨벳 알로카시아

사람들은 저마다 각각의 색을 갖고 있다. 따듯한 붉은색, 싱그러운 푸른색, 산뜻한 초록색. 각자만의 색은 이 작은 공간에서 물감처럼 뒤섞인다. 만나고, 이야기하고, 마시고 일상을 잠시 멈추어 쉬어가는 곳. 생각을 놓아두는 곳. 물감은 색을 섞을수록 어두워져 검은색이 된다. 모든 것을 품고 있는 색, 블랙이다.

머무는 이들이 우아하게 섞인다면 블랙벨벳 알로카시아는 그런 곳이 된다. 짧은 털이 촘촘히 돋은 비단결 같은 잎. 우아한 자태에서 느껴지는 기품과 흑색 질감에 압도된다. 한없이 닮고 싶어지는 매력을 지녔다. 먹색의 알로카시아 잎은 환경에 예민하다. 습기가 중요하고 바람과 온도에 민감하다. 여러 사람이 모이는 곳은 깨지기 쉬운 것처럼 예리하게 돌봐야 한다. 하지만 너와 내가 모여 이런 검은빛을 낼 수만 있다면, 여기 작은 카페도 아름다운 블랙이 될 수 있다.

_ 따뜻하고 공중 습도가 높은 환경을 좋아하며 과습에 주의해야 해요.

안심Touch

3장

식물의 분위기는
사람에 담겨 있다

식물 인테리어

집으로 숲을 가져왔다. 식물들은 초록의 향기를 퍼뜨리며 이곳저곳에 자리 잡는다. 흰 벽의 모서리, 쌓아놓은 책 위, 서랍장 옆. 어디에서든 짙고 엷은 녹색의 풀 내음을 전한다. 빨간색 소파와 노란색 쿠션 앞에도, 베이지색 벽면의 짙은 갈색 마루에도 식물은 자리 잡았다. 복잡하거나, 단순하거나, 화려하거나, 소소하거나 풀색은 취향을 가리지 않는다.

작고 귀여운 잎들이 많이 돋아나 있는 것을 좋아하는 이가 있고, 크고 넓은 잎이 시원하게 뻗어 있는 것을 좋아하는 이도 있다. 굵은 가지의 힘찬 기운을 선호하는 사람이 있으며, 얇은 가지의 부드러운 곡선을 사랑하는 사람도 있다. 밝고 유쾌하며 활발한 성격도 있고, 움직임이나 흔들림 없이 잔잔한 마음의 기질도 있다.

식물의 분위기는 사람에 담겨 있다. 사람의 의향은 공간에 담겨 있다. 유기적으로 연결된 사람과 공간, 식물은 사람과 닮은 모습으로 놓인다.

어느 성격과 어떤 식물이 어떻게 공간과 만날지 알 수 없다. 수없이 많은 경우의 수를 만들어 내는 과정의 기쁨만이 우리 앞을 기다리고 있다.

못생긴 식물은 없다

어떻게 생겨도 괜찮다. 가녀린 줄기에 버겁게 매달린 잎사귀 한 장도 아름답다. 곧게 뻗지 못한 채 옆으로 늘어진 이파리도 곱다. 화려하게 펼쳐진 꽃잎도, 뾰족한 잎들로 둘러싸인 식물도 찬연하다. 산책로에서 만난 하늘 높이 솟은 메타세쿼이아도 갈라진 벽 틈에 힘겹게 뿌리내린 개망초도 훌륭하다. 이름 모를 식물이 무심히 뻗은 모습도 그 자체로 찬란하다.

식물과 어울리는 곳에 놓아주면 된다. 고요한 선반에는 립살리스를, 한적한 침실 옆에는 휘카스 움베르타를, 들썩한 거실의 테이블엔 켄차야자다. 마음 가는 대로 보기 좋은 대로 놓으면 된다. 아름답지 않은 식물은 없다. 매력을 발견하지 못한 내가 있을 뿐.

뻗어 가는 가지는 길을 묻지 않는다

뻗어 가는 가지는 길을 묻지 않는다. 해를 따라 무작정 고개를 돌리기도 하고 제멋대로 아무 곳이나 돌아다니기도 한다. 울창한 수풀이 되기도 하고 웃자란 가지는 꺾이기도 한다. 식물은 어디로 가야 할지 알고 있다. 스스로 정한 방향으로 천천히 우직하게 걸어간다.

나는 그저 소소한 친구가 되어 동행하며 식물이 가는 길을 돕는다. 천장에 닿을 듯 아슬아슬하게 자란 줄기는 잘라 옆길을 내어주고, 너무 많이 자라 연약해진 가지는 쳐내 앞길을 열어준다. 마른 잎을 떼어주어 새잎이 움트도록 뒷길을 정리하고, 먼 길 곱게 갈 수 있도록 가지를 매만져 멋진 모양새로 가다듬는다.

어느 길이든 겁내지 않고 천천히 가는 것이 좋다. 내가 가는 길만 옳다고 너무 일찍 생장점을 자르거나, 조급한 마음으로 재촉하여 한창 잎을 키우는 시기에 등을 떠밀어선 안 된다. 조금 느려도, 제법 빨라도 우리는 서로의 길을 묻지 않는다. 단지 걸음을 맞추며 함께 걷는다.

_ 늦봄부터 초가을까지는 가지치기를 하지 않는 것이 좋아요.

식물의 얼굴

푸른 잎을 마주하고 있으면 식물에게도 얼굴이 있다는 생각이 든다. 정면으로 바라보기도 하고 옆으로 비스듬히 기울이기도 한다. 가끔 뾰로통하게 뒤돌아 있는 식물의 뒷모습이 귀엽기도 하다.

화분에 심을 때부터 반가운 인사를 나눌 얼굴을 찾는다. 좌우로 너무 기울지 않게 줄기를 세워주고, 뿌리가 잘 자리 잡도록 한 뒤 삐져나온 잎들의 모양을 잡아준다.

원하는 방향으로 화분을 돌리다 보면 사방이 아름다워서 행복한 고민에 빠진다. 앞모습도, 옆모습도, 뒷모습까지 흐뭇한 식물은 정해 놓은 각도와 상관없이 늘 어여쁘다. 어느 얼굴을 만나던 초록의 식물에게 활짝 웃어준다. 매일 만날 나의 얼굴이 미소로 기억되도록.

화분은 식물의 집이며 공간의 가구이다

화분은 식물의 집인 동시에 공간의 가구이다. 집을 고르듯 자재와 크기를 세심하게 따진다. 부드러운 색감에 차분한 느낌을 주는 토분은 물에 젖으면 색이 짙어져 물관리에도 도움이 되니 식물의 첫 이사로 좋은 장소이다. 세련되고 감각적인 디자인의 세라믹 화분은 개성이 넘친다. 효율성이 뛰어난 플라스틱 화분은 가볍고 충격에 강해 어디서든 편리하게 지낼 수 있다.

가구로서 화분은 조화로워야 한다. 식탁처럼, 선반처럼, 침대처럼, 벽처럼, 바닥처럼, 의자처럼. 색과 재질을 고려한다. 하나의 재질에 다양한 색감, 다양한 재질에 하나의 색감 또는 다양한 재질에 다양한 색감을 인테리어에 맞게 선택한다. 안타깝지만 언젠가 식물이 떠나도 화분은 우리 곁에 남아 새로운 초록을 맞이할 수 있다. 식물은 바뀌어도 화분은 남는다.

또랑또랑 눈부시게

투명한 유리 안의 뿌리는 물속을 노닌다. 유리병의 모양을 따라 마음대로 헤엄치며 여기저기 둘러본다. 수줍었던 뿌리가 훤히 보이는 데도 부끄러움은커녕 자유로운 물속에서 물질이 한창이다. 붉게 물들어 실타래처럼 엉켜 있는 것부터 검은 잔뿌리가 빼곡히 차있는 것, 흰색 굵은 뿌리를 뽀얗게 드러낸 것 등 잎의 모양만큼이나 뿌리의 생김새도 다양하다.

환히 비치는 맑은 유리병 안의 뿌리는 빛깔과 형태에 상관없이 조심스럽게 흙을 털어내고 신중하게 부스러기를 씻어내 물길을 열었다. 속속들이 들킨 날것의 뿌리가 햇살에 부서지며 방 안에 흩뿌려진다.

겉으로 보이는 아름다움만이 전부였던 좁은 땅을 벗어나 투명한 유리병 안에 안착한 식물은 풀빛과 물빛이 뒤섞여 또랑또랑 눈부시게 빛난다.

_ 줄기가 무르지 않도록 뿌리까지만 물을 채워주세요.

초록색 구름이 두둥실 떠다닌다

위아래의 제약이 사라진 극적인 변화는 놀랍다. 손이 닿지 않는 높은 꿈처럼 천장 가까이 달아 놓기도 하고, 마주 보며 숨 쉬는 삶처럼 눈앞에 두기도 한다. 상하의 단순한 구분이 만들어낸 시선의 차이는 단단히 굳어졌던 생각의 틈을 벌려 놓았다. 높이의 통제는 없어지고 구속이나 속박 없이 나무에 붙어, 벽에 매달려, 고리에 걸려 어디든 마음껏 살아간다.

짙푸른 풀빛이 엉겨 녹색의 덩어리로 뭉치면 초록색 구름이 두둥실 떠다닌다. 무거운 흙에서 벗어나 한결 가벼워진 몸을 띄우며 자유로이 날아오른다. 텅 빈 공중은 금세 푸르게 물들고 촉촉한 물결로 굽이친다. 자신을 얽매던 모든 것을 내던진 행잉식물들은 대책 없는 허공에서도 먼지를 끌어안고 수분을 품으며 살아간다.

높이 있어 알 수 없는 것들이 있다. 하지만 만질 수 없는 초록 구름처럼 높이 있어야 보이는 것들도 있다.

_ 건조하지 않은 습한 환경을 좋아하므로 자주 분무해 주세요.

숲을 닮아간다

숲을 한참 걸었다. 나뭇가지가 바람에 문질려 자근자근 소리를 내었다. 새들은 깃털을 어루만지고 여린 잎은 툭하고 벌어졌다. 햇살은 초록 잎 사이로 내게 오다 넌지시 나무 뒤로 숨었다. 살짝 젖은 나뭇잎들에서 짙은 숲의 향이 났다. 눅진한 기운이 아지랑이처럼 일어나다 볕을 만나 흩어졌다. 걸음을 옮길 때마다 찬연한 풀빛이 따라왔다.

모든 것은 숲에서 시작되었을지 모른다. 그림자를 안고서도 다시 수풀 속으로 돌아가는 것은 그곳이 그립기 때문이다. 엷은 녹색의 잎이 건네는 따듯함, 비를 만난 나무줄기의 아늑함, 푸릇한 풀들이 내어주는 포근함이 필요한 탓이다. 두꺼운 유리와 벽으로 쌓은 회백색의 사각형 안에서도 여전히 숲이 그리워 녹음으로 물든다. 엄마의 베란다에 자라던 목베고니아도, 아무것도 모르던 시절 만났던 몬스테라도, 푸른 향이 그리워 키운 아레카야자도 숲을 닮았다.

벽면 가득 녹빛의 아침을 맞이하고, 푸른 해가 지면 그리웠던 마음이 풀어진다. 조금씩 채워나간 식물들이 제법 무성해져 다듬다 초록물이 손톱 밑으로 파고들었다. 사분사분 간지러워 자세히 보니 잎이 하나 돋아났다.

"나도 숲을 닮아간다."

epilogue

　글을 쓰는 동안 심심한 밤을 지켜주던 커피 향 짙은 B-hind와 무던한 낮을 특별하게 만들어 주었던 향긋한 사루비아 다방에게 감사를 보낸다. 책에 담지 못했지만 늘 그 자리에 피어났던 동네 어귀의 꽃봉오리, 잡초라 불리며 우리 주위를 초록으로 물들이는 풀잎, 흘러가듯 오늘도 잎사귀를 흔드는 커다란 나무에게도 감사하다.

　눈에 띄지 않아도 언제나 함께하는 풀빛과 연노랑의 환한 잎 아래서 하루를 시작하고 마감하며 글을 마친다.

식물과 함께 살아가는 초록빛 일상을 이야기하다

익숙하지만 낯선 식물 이야기

초 판 발 행 일	2021년 11월 15일
발 행 인	박영일
책 임 편 집	이해욱
저 자	신정화, 김동현
편 집 진 행	이소영
표 지 디 자 인	김지수
편 집 디 자 인	신해니
발 행 처	시대인
공 급 처	(주)시대고시기획
출 판 등 록	제 10-1521호
주 소	서울시 마포구 큰우물로 75 [도화동 538 성지 B/D] 6F
전 화	1600-3600
팩 스	02-701-8823
홈 페 이 지	www.sidaegosi.com
I S B N	979-11-383-0872-4[03810]
정 가	13,000원

시대인은 종합교육그룹 (주)시대고시기획·시대교육의 단행본 브랜드입니다.